AF460934

8 Mai 1906.
marqué P

Vente après décès de M. X...

Tapisseries anciennes

SIÈGES COUVERTS EN TAPISSERIE

MEUBLES ET OBJETS D'ART

PARIS

MAI 1906

CATALOGUE

DES

TAPISSERIES ANCIENNES

DES FLANDRES ET D'AUBUSSON

MEUBLES DE SALON ET SIÈGES

RECOUVERTS EN TAPISSERIE

SIÈGES DIVERS

MEUBLES EN MARQUETERIE

et Bois sculpté

TABLEAUX ANCIENS ET MODERNES

BRONZES D'ART ET D'AMEUBLEMENT

PENDULES

OBJETS DIVERS — TAPIS — PIANO

Dont la vente, par suite du décès de M. X...

AURA LIEU

HOTEL DROUOT, SALLES 1 ET 2 RÉUNIES

Les Mardi 8 et Mercredi 9 Mai 1906

à deux heures

COMMISSAIRE-PRISEUR

Me HENRI OUDARD

21, rue des Pyramides

EXPERTS

MM. PAULME & B. LASQUIN FILS

10, rue Chauchat | 12, rue Laffitte

PARIS

Chez lesquels se distribue le présent Catalogue

EXPOSITION PUBLIQUE

Lundi 7 Mai 1906, Salles nos 1 et 2 réunies, de 1 heure 1/2 à 5 heures 1/2

CONDITIONS DE LA VENTE

Elle sera faite au comptant.

Les adjudicataires paieront *dix pour cent* en sus des enchères.

L'exposition mettant le public à même de se rendre compte de l'état et de la nature des objets, il ne sera admis aucune réclamation, une fois l'adjudication prononcée.

Paris. — Imp. de l'Art, E. MOREAU ET Cie, 41, rue de la Victoire.

DÉSIGNATION

TABLEAUX

NATTIER (D'après)

1 — *Portraits de Femmes allégoriques.*

Quatre toiles décoratives.

VAN LOO (D'après C.)

2 — *Portrait de Louis XV, de forme ovale.*

Cadre ancien en bois sculpté doré.

ÉCOLE FRANÇAISE (XVIIe siècle)

3 — *Portrait de Femme.*

Toile ovale.
Cadre en bois sculpté doré.

ÉCOLE FRANÇAISE (XVIIe siècle)

4 — *Portrait d'Homme en cuirasse, de forme ovale.*

Cadre en bois sculpté doré.

ÉCOLE FRANÇAISE (XVIIe siècle)

5 — *Jeune Femme et fleurs.*

Toile décorative.

ÉCOLE FRANÇAISE (FIN DU XVIIe siècle)

6 — *Portrait de Femme.*

Toile de forme ovale.
Cadre en bois sculpté doré.

ÉCOLE FRANÇAISE (XVIIIe siècle)

7 — *Le Jugement de Pâris.*

Grande toile décorative.

ÉCOLE FRANÇAISE

145 8 — *Le Triomphe de Vénus.*

ÉCOLE FRANÇAISE

9 — *Scène d'intérieur villageois.*

Toile.

ÉCOLE FRANÇAISE

10 — *Projet de plafond.*

Toile avec encadrement de baguette en bois sculpté peint Louis XVI.

ÉCOLE FRANÇAISE

11 — *Sujet pastoral.*

Toile.

ÉCOLE FRANÇAISE

12 — *Deux dessus de portes, amours, guirlandes de fleurs et sphynx.*

Peintures décoratives.

ÉCOLE ITALIENNE

13 — *Deux grandes toiles décoratives, paysages avec animaux et personnages*

14 — *Paysage avec troupeau et personnages.*

Toile.

ÉCOLE ITALIENNE

15 — *Paysage montagneux avec lac et personnages.*

Cadre en bois sculpté doré.

ÉCOLE MODERNE

16 — *Paysage avec moulin au bord d'un chemin.*

Grande toile.

17 — *Scène biblique.*

Panneau peint.

18 — *Allégorie de la source.*

Panneau peint.

BRONZES D'AMEUBLEMENT

PENDULES

19 — Pendule de forme architecturale, en bronze ciselé, patiné et doré. Cariatides de femme soutenant un fronton circulaire surmonté d'oiseaux et de chutes de fleurs ; contre-socle en marbre blanc.

20 — Paire de candélabres à cinq lumières, en bronze doré, formés chacun de deux figures de femmes supportant un bouquet. Socles cylindriques en marbre blanc, agrémentés de guirlandes de fleurs et fruits.

21 — Garniture de cheminée en bronze ciselé, doré et marbre blanc, composée d'une pendule, le cadran surmonté d'un vase brûle-parfum en forme de cassolette, la base décorée d'une frise et feuilles d'acanthe en bronze doré ; et de deux candélabres à six lumières, en forme de cassolettes, de style Louis XVI.

22 — Petite pendule en forme de vase, en marbre blanc, les anses formées de serpents, le cadran surmonté d'un coq en bronze doré.

23 — Deux statuettes de jeunes femmes drapées, en bronze patiné, sur socles ronds en granit vert.

24 — Paire de flambeaux en bronze ciselé à rocailles, feuillages et papillons de style Louis XV.

24 *bis* — Pendule Louis XV laquée rouge, ornée de bronzes.

25 — Paire de candélabres à trois lumières, supportées par une statuette de jeune femme, en bronze patiné, sur socles ronds ornés de bronzes dorés.

26 — Pendule en marbre rouge veiné, orné de cariatides de femmes, de deux médaillons et surmontée d'un cygne en bronze.

27 — Grand lustre bronze et cristaux.

OBJETS DIVERS

28 — Statuette de jeune femme tenant une corbeille de fleurs, en terre-cuite.

29 — Buste de Washington, en terre-cuite.

30 — Chaise à porteur en bois sculpté et doré, garni de toile peinte à fleurs.

31 — Petit paravent en palissandre, orné de plaques en pierre de lard peint, à personnages et inscriptions chinoises.

32 — Quatorze panneaux en bois sculpté. Renaissance.

33 — Grand vase décoratif à deux anses, en biscuit, décoré en bas-relief sur la panse, d'une scène de chasse, feuillage sur le culot, rais-de-cœur et ornements variés sur le piédouche.

34 — Quatre médaillons en marbre blanc, de forme ovale : Portraits de femmes.

35 — Pagode en terre-cuite : Petits sujets.

36 — Glace de Venise.

37 — Grande glace en bois sculpté et doré. Époque Louis XIV.

38 — Gaine d'horloge en bois naturel sculpté.

38 *bis* — Deux bas-reliefs en marbre blanc sculpté : Sujet à chimère.

SIÈGES RECOUVERTS EN ÉTOFFE
ET DIVERS

39 — Petit canapé de forme contournée en bois sculpté doré, couvert de toile imprimée.

40 — Tabouret en noyer, à pieds tors, couvert d'ancienne tapisserie.

41 — Canapé à haut dossier de forme contournée, en bois sculpté et doré, couvert d'étoffe jaune.

42 — Fauteuil Louis XIII en bois sculpté recouvert de tapisserie à décor de vase de fleurs et rinceaux.

43 — Quatre grands fauteuils Louis XVI en bois sculpté, peint gris, garni de soie brochée verte.

44 — Deux chaises en bois sculpté peint gris, à pieds cannelés, couverts d'étoffe jaune.

45 — Meuble de salon de style Louis XVI, en bois de palissandre sculpté et couvert de damas rouge, composé d'un canapé et quatre fauteuils.

46 — Deux bergères analogues au meuble précédent, recouvertes de velours vert épinglé.

47 — Fauteuil de bureau Louis XV, en noyer sculpté et canné, à quatre pieds.

48 — Grande bergère à oreilles, recouverte en tapisserie au point.

49 — Deux chaises hollandaises, en noyer couvert de soie brochée jaune.

50 — Chaise Louis XIV, en bois sculpté peint en gris, garni de soie brochée jaune.

51 — Neuf chaises Louis XVI, en bois sculpté peint gris, couvert de velours jaune.

52 — Quatre chaises Louis XVI, en noyer sculpté, couvert de velours rouge.

53 — Chaise Louis XV, en bois sculpté redoré, recouverte de soie brochée fond jaune.

54 — Petite chaise Louis XV, en bois sculpté, cannée.

55 — Deux chaises et un fauteuil régence, en bois sculpté, recouvert en imitation de tapisserie et étoffe.

56 — Quatre chaises Louis XV, en bois sculpté, garni de cuir.

57 — Fauteuil Louis XVI, en noyer sculpté, couvert d'étoffe jaune.

58 — Chaise-longue en bois sculpté, doré et canné.

59 — Petit canapé en bois doré, de style Louis XV, recouvert en soie brochée fond rouge à fleurs.

60 — Grand canapé en bois sculpté, à trophée et nœud de ruban, recouvert en damas rouge.

61 — Petite banquette d'antichambre en bois sculpté motif de couronnement avec écusson et rinceaux.

62 — Deux fauteuils à médaillon, en bois sculpté, recouvert de velours frappé.

63 — Fauteuil d'enfant en bois sculpté, garni d'étoffe.

64 — Bergère en bois doré, de style Louis XVI, recouverte en soie à rayures.

65 — Chaise, style Louis XIV, recouverte de soie jaune.

66 — Trois chaises hollandaises, recouvertes d'étoffe jaune.

67 — Banquette en bois sculpté, style Louis XVI, recouverts en velours.

68 — Quatre chaises Louis XIII, à hauts dossiers, recouvertes en imitation de tapisserie.

MEUBLES DE SALON ET SIÈGES

RECOUVERTS EN TAPISSERIE

69 — Meuble de salon, composé d'un canapé et quatre fauteuils en bois sculpté, en partie du temps de Louis XV, recouvert en tapisserie à fleurs et pivoines sur fond brun.

70 — Meuble de salon, composé d'un canapé et quatre fauteuils en bois doré, de style Louis XV, recouvert en tapisserie à sujets d'animaux dans des paysages encadrés de fleurs sur les dossiers et les sièges.

71 — Meuble de salon, composé d'un canapé et quatre fauteuils en bois doré, de style Louis XV, recouvert en tapisserie à sujets de figures sur les dossiers et animaux sur les sièges, encadrés de rinceaux à fleurs.

72 — Meuble de salon, composé d'un canapé et quatre fauteuils en bois sculpté, de style Louis XV, recouvert en tapisserie à pavots, fleurs et feuillages sur fond jaune.

73 — Meuble de salon, composé d'un canapé, une marquise et quatre fauteuils en bois doré, de style Louis XVI, recouvert en tapisserie offrant sur les dossiers des personnages, et sur les sièges des animaux, encadrements à rubans et fleurs.

74 — Meuble de salon, composé d'un canapé et six fauteuils en bois doré, de style Louis XV, recouvert en tapisserie offrant, sur les dossiers, des paysages avec petits personnages, et sur les sièges, des animaux ; encadrements à rinceaux fleuris.

75 — Deux chaises en bois tourné, recouvertes, sur les sièges et dossiers, de fragments de tapisserie à fleurs et feuillages.

76 — Six chaises en bois sculpté, de style Louis XVI, à dossier à lyre : sièges à chassis mobiles, recouverts en tapisseries offrant un médaillon avec bouquet de fleurs et couronne de feuillages.

77-78 — Deux petits canapés en bois sculpté, de style Louis XV, recouverts en tapisserie à pavots, fleurs et feuillages, sur fond jaune. Pouvant compléter le meuble précédent.

79 — Petit canapé en bois doré, de style Louis XVI, offrant au dossier une tapisserie à rinceaux fleuris, sur fond jaune : sur le siège canné est un coussin en peluche bordé de tapisserie à laurier.

80 — Petit canapé-marquise en bois doré, de style Louis XVI, recouvert en tapisserie offrant sur le siège et le dossier, des sujets à personnages et animaux dans des paysages.

81 — Canapé-marquise en bois doré, de style Louis XV, recouvert en tapisserie avec oiseau et fruits sur le dossier ; cascade, fruits et feuillages sur le siège.

82 — Canapé-marquise en bois doré, recouvert en tapisserie, sur le dossier, fragments de verdure, sur le siège, corbeille de fruits et oiseaux ; encadrements à rinceaux de fleurs.

83 — Fauteuil en bois doré, de style Louis XVI, à dossier ajouré, recouvert en tapisserie à rinceaux de fleurs et draperie sur fond blanc et contre-fond marron.

84 — Fauteuil-marquise en bois doré, de style Louis XVI, recouvert aux siège et dossier de tapisserie à fond jaune fleuri et médaillon central avec animaux, sur fond blanc.

85-86 — Deux bergères en bois doré, du style Régence, avec coussins recouverts ainsi que les dossiers, de tapisserie à pavots et feuillages, sur fond jaune.

87 — Bergère à siège tournant, en bois doré, de style Louis XVI, recouvert en tapisserie à fleurs et feuillage enrubanné sur le dossier, paysage et animaux sur le siège.

88 — Banquette en bois sculpté, ciré, de style Louis XVI, recouverte en tapisserie à médaillon central d'après Oudry : Chien et canard dans les roseaux ; fond marron chargé de fleurs.

89 — Lit de repos en bois sculpté et doré, en partie du temps de Louis XIV, recouvert en tapis de la Savonnerie, composé de deux bandes juxtaposées, à fleurs et feuillages.

90-91 — Deux tabourets en bois doré, recouverts en tapisserie avec palmettes en couleur, sur fond clair.

92 — Tabouret rectangulaire, en bois doré, de style Louis XVI, recouvert d'un fragment de Savonnerie.

93 — Tabouret rond en bois doré, de style Louis XV, recouvert en tapisserie à fruits et feuillages, sur fond bleu.

MEUBLES EN BOIS DE PLACAGE

ET EN BOIS SCULPTÉ

94 — Meuble d'entre-deux ouvrant à un tiroir et deux portes en marqueterie de bois, orné de bronzes, rangs de perles, chutes, entrée de serrures à nœud de ruban, tablier et sabot. Dessus de marbre gris.

95 — Meuble d'entre-deux, à hauteur d'appui, ouvrant à abattant orné d'une peinture, deux portes grillagées et trois tiroirs en marqueterie de bois de placage avec filets formant des quadrillés : garniture d'ornements en bronze : chutes, sabots, cul-de-lampe et entrées de serrures. Dessus de marbre.

96 — Meuble d'entre-deux, de forme contournée, ouvrant à deux portes en marqueterie de bois de placage à fleurs et rinceaux : garniture d'ornements en bronze : chutes, sabots, cul-de-lampe et entrée de serrure : dessus de marbre brèche,

97 — Meuble à hauteur d'appui, de forme galbée, ouvrant à deux portes extérieurement et trois tiroirs intérieurement en marqueterie de bois à entrelacs et fleurs, orné de bronzes, chutes, sabots et tablier : dessus de marbre de couleur.

— Meuble semblable au précédent.

98 — Meuble d'entre-deux, à un tiroir et deux portes en marqueterie de bois à corbeille de fleurs et ustensiles divers ; dessus de marbre de couleur.

99 — Petit meuble d'entre-deux, à un tiroir et deux portes en marqueterie de bois orné de bronzes; dessus de marbre gris.

100 — Meuble d'entre-deux, ouvrant à deux portes en marqueterie de bois à fleurs, garniture de bronzes dorés ; dessus de marbre brèche.

101 — Paire de meubles d'encoignures, en marqueterie de bois de placage avec fleurs en bois debout, encadrement, chutes, sabots et cul-de-lampe en bronze ; dessus de marbre.

102 — Petite table de forme ovale, avec tiroir et tablette inférieure en marqueterie de bois de placage.

103 — Grand meuble d'entre-deux, en acajou, ouvrant à un rang de tiroirs, abattant et deux portes vitrées, richement orné de bronzes; dessus de marbre.

104 — Armoire ouvrant à deux portes, en bois de placage avec filets.

105 — Table à jeu, de forme demi-lune, à pieds en gaine, bois de placage.

106 — Paravent à six feuilles, entièrement peint à l'huile : Combat naval, XVIIe siècle.

107 — Deux gaines-supports en forme de consoles, avec têtes de chérubins, en bois sculpté, en partie doré.

108 — Meuble cabinet, en noyer sculpté, de style renaissance, avec panneaux, figures allégoriques en bas-relief, incrustations de marbre, base support à colonnes et arcature.

109 — Grand bidet, dessus canné.

110 — Grand bahut hollandais, marqueterie, loupe de noyer, à chimères.

111 — Console en marqueterie, ornée de bronzes : dessus de marbre brèche.

112 — Grande console en bois sculpté, peint en vert clair, à décor de bouquets de fleurs, rosaces et rangs de perles, ornée de bronzes, anneaux et entrées de serrures ; elle ouvre à sept tiroirs et deux portes, et repose sur huit pieds ; dessus de marbre blanc.

113 — Bibliothèque à deux portes grillagées et deux tiroirs inférieurs, en marqueterie de bois de rose, violette et amaranthe, orné de bronzes : dessus de marbre de couleur.

114 — Table de salle à manger, en acajou sculpté, de forme ronde, à six pieds cannelés.

115 — Commode en marqueterie de bois de couleur à fleurs et trophées de musique, ouvrant à

trois tiroirs, à coins arrondis et pieds cambrés, ornée de bronzes et dessus de marbre blanc.

116 — Commode de forme bombée, ouvrant à deux tiroirs, en marqueterie de bois à fleurs, orné de bronzes : poignées, chutes, entrées de serrures, tablier et sabots ; dessus de marbre de couleur.

117 — Deux commodes à trois rangs de tiroirs, en marqueterie de bois de placage, avec médaillon central, attributs de musique sur fond de rosaces disposées régulièrement dans des entrelacs : garniture de bronze avec frise à la partie supérieure ; dessus de marbre blanc.

118 — Commode à trois rangs de tiroirs, en bois laqué à décor chinois, garni de bronzes.

119 — Commode à deux tiroirs, en marqueterie de bois de couleur à rosaces dans des entrelacs réguliers, garniture de bronzes dorés ; dessus de marbre.

120 — Petit meuble forme commode, dessus avec glaces. Epoque Empire.

121 — Commode à deux tiroirs, en marqueterie de bois à fleurs et attributs de musique : orné de bronzes : frises, chutes, tablier et sabots ; dessus de marbre.

122 — Commode Louis XVI, à cinq tiroirs, en acajou orné de cuivre ; dessus de marbre gris.

123 — Commode Louis XV, à trois rangs de tiroirs, en bois d'acajou et citronnier, baguettes de cuivre ; dessus de marbre.

124 — Commode de l'époque Louis XVI, en marqueterie de bois de rose et violette, orné de bronzes ; dessus de marbre gris.

125 — Bureau dos d'âne, Louis XVI, à quatre pieds cannelés.

126 — Bureau plat, en marqueterie de bois, à quatre pieds droits ; dessus de drap vert.

127 — Grand bureau plat, rectangulaire, en bois de placage, orné de bronzes.

128 — Bureau plat rectangulaire, en acajou, ouvrant à trois tiroirs, pieds cannelés, orné de moulures en cuivre à perles.

129 — Table rectangulaire, en marqueterie de bois de placage à fleurs dans les losanges ; dessus de marbre blanc avec galerie de cuivre.

130 — Bureau plat, en marqueterie de bois de rose et palissandre, ouvrant à cinq tiroirs et deux tablettes, dessus de cuir, orné d'une ceinture, chutes et baguettes en bronze.

131 — Petit bureau en acajou, à quatre pieds fuselés, orné de bronzes dorés, guirlandes de fleurs et amours ; dessus de marbre blanc à galerie de cuivre.

132 — Grande console en bois sculpté et doré. Dessus de marbre blanc.

133 — Secrétaire droit, à abattant, portes et tiroir en marqueterie de bois de couleur, orné de bronzes et dessus de marbre.

134 — Armoire en bois sculpté, ouvrant à deux portes.

135 — Armoire Louis XIII, à colonnes, ouvrant à deux portes, en marqueterie de bois.

136 — Armoire en bois sculpté, à une porte.

137 — Table de nuit en marqueterie de bois à filets.

138 — Petit meuble, table de nuit, en marqueterie. Travail italien.

139 — Petite table de chevet, à étagères et tiroir, en bois de placage.

140 — Table de nuit ouvrant à porte à coulisse, en bois de placage ; dessus de marbre bleu-turquoise.

141 — Table de nuit en bois d'acajou, ouvrant à deux portes dont une à coulisse, ornée de baguettes de cuivre ; dessus de marbre blanc.

142 — Table de nuit à porte à coulisse, en bois de placage ; dessus de marbre.

143 — Grand coffre en chêne sculpté, orné de panneaux gothiques et ferrures.

144 — Petit coffre en bois sculpté, en partie dorée.

145 — Grand coffre en bois sculpté, à console et pieds à griffes.

146 — Grand coffre en chêne sculpté, orné de six panneaux gothiques.

147 — Coffre reposant sur quatre pieds, en bois sculpté avec écusson fleurdelysé.

148 — Console en bois sculpté et doré.

149 — Petit lit. Epoque Louis XVI.

150 — Lit Louis XVI, en noyer sculpté, garni d'étoffe.

151 — Grand lit en bois sculpté et doré, garni de soie bleue brochée.

152 — Lit en bois sculpté et doré, de style Louis XVI, fond orné d'un médaillon ovale et de guirlandes de fleurs et lauriers.

153 — Grand lit de milieu, en bois sculpté et doré, à colonnes détachées, rinceaux ajourés, tore de chêne, couronne de laurier, pommes de pin.

154 — Lit de repos en bois sculpté, peint et canné.

155 — Lit en bois sculpté, de style Régence.

155 *bis* — Lit portugais à colonnes torses.

156 — Lit en acajou, à cariatides, colonnes et frontons. Époque Empire.

157 — Lit en bois sculpté, peint et en partie doré, à feuilles d'eau, perles et rosaces. Époque Louis XVI.

158 — Petit lit en acajou. Époque Empire.

159 — Piano à queue, en palissandre, marque Pape.

TAPISSERIES ANCIENNES

ÉTOFFES, TAPIS

160 — Grande tapisserie des Flandres, offrant, dans un parc avec château, parterre fleuri et fontaines jaillissantes, un groupe de femmes en riches costumes, chantant ou jouant d'instruments divers. Encadrement de larges bordures avec attributs divers, rinceaux et feuillages, agrémentés de fleurs. Époque Louis XIV.

Haut., 3 m. 15 cent.; larg., 4 m. 60 cent.

161 — Autre tapisserie de la même série que la précédente : Un jeune homme présente une corbeille de fruits à un groupe de jeunes femmes en promenade.

Haut., 3 m. 10 cent.; larg., 5 m. 20 cent.

162 — Grande tapisserie des Flandres, à grands et nombreux personnages : Sujet tiré de l'histoire ancienne. Époque Louis XIV.

Haut., 2 m. 80 cent.; larg., 5 m. 60 cent.

163 — Tapisserie des Flandres : Sujet de chasse avec nombreuses figures. Encadrement de bordures à feuillages, fleurs et fruits, sur fond jaune. XVIe siècle.

Haut., 2 m. 60 cent.; larg., 2 m. 40 cent.

164 — Petit panneau de tapisserie : Sujet à personnages dans un paysage. XVIIe siècle.

Haut., 1 m. 95 cent.; larg., 1 m. 55 cent.

165 — Petite tapisserie des Flandres : Amour tenant des guirlandes de fleurs. Époque Louis XIV.

Haut., 2 mètres; larg., 1 m. 30 cent.

166 — Tapisserie analogue.

Haut., 1 m. 95 cent.; larg., 1 m. 30 cent.

167 — Tapisserie analogue.

Haut., 1 m. 95 cent.; larg., 1 m. 80 cent.

168 — Grande tapisserie des Flandres : Sujet à grands personnages. Encadrement sur trois côtés, à motifs de vases, cariatides, cartouches avec inscriptions, oiseaux et guirlandes de fleurs. Époque Louis XIV.

Haut., 2 m. 80 cent.; larg., 5 mètres.

169 — Panneau de tapisserie des Flandres, à rinceaux, feuillages et ornements divers. XVIe siècle.

Haut., 1 m. 85 cent.; larg., 1 m. 55 cent.

170 — Tapisserie offrant au centre un écusson avec aigle et fleurs de lis, accompagné de rinceaux

en jaune, sur fond bleu ; bordure à entrelacs. XVIIe siècle.

Haut., 2 m. 10 cent. ; larg., 2 m. 70 cent.

171 — Tapisserie des Flandres : Oiseaux et feuillages à grands ramages ; bordure sur trois côtés. XVIe siècle.

Haut., 2 m. 45 cent.; larg., 2 m. 30 cent.

172 — Tapisserie analogue à la précédente.

Haut., 2 m. 30 cent.; larg., 2 m. 40 cent.

173 — Fragment de tapisserie des Flandres : Portique treillagé avec animaux. XVIe siècle.

Haut., 2 m. 60 cent.; larg., 1 m 10 cent.

174 — Petite cantonnière en tapisserie, simulant une draperie avec guirlandes de fleurs.

175 — Panneau de tapisserie : Cavaliers dans un paysage ; bordure à fleurs et fruits. Fin du XVIe siècle.

Haut., 2 m. 45 cent.; larg., 1 m. 90 cent.

176 — Tapis de table en tapisserie, offrant au centre, sur fond bleu, des fleurs dans des compartiments ; encadrement à fleurs, sur fond rouge.

Haut., 1 m. 35 cent.; larg., 1 m. 95 cent

177 — Petite tapisserie formant portière : Sujet à personnages, fond de draperie. Époque Louis XIV.

Haut., 2 m. 45 cent.; larg., 85 cent.

178 — Tapisserie à sujet de deux figures : Faunes dans un paysage. XVIIe siècle.

Haut., 3 m. 15 cent.; larg., 2 m. 10 cent.

179 — Petit panneau en tapisserie des Flandres : Feuillages. Fin du XVIe siècle.

Haut., 1 m. 55 cent ; larg., 1 m. 30 cent.

180 — Fragment de tapisserie : Trophée d'attributs champêtres. XVIIe siècle.

Haut., 1 m. 55 cent ; larg., 55 cent.

181 — Fragment de tapisserie à personnages. Commencement du XVIIIe siècle.

Haut., 1 mètre ; larg., 1 mètre.

182 — Grande tapisserie d'Aubusson : Sujet historique à grands personnages guerriers, fond de paysage ; encadrement de bordures à fleurs et fruits, sur fond jaune. Époque Louis XIV.

Haut., 2 m. 80 cent.; larg., 3 m. 60 cent.

183 — Tapisserie d'Aubusson : Verdure avec volatiles et bordure d'encadrement. XVIIIe siècle.

Haut., 2 m. 20 cent.; larg., 1 m. 50 cent.

184 — Petite tapisserie-verdure avec bordure d'encadrement : Fleurs enrubannées. XVIIIe siècle.

Haut., 2 m. 35 cent.; larg., 1 m. 40 cent.

205 185 — Petite tapisserie d'Aubusson : Paysage avec deux petites figures.

Haut., 2 m. 10 cent.; larg., 1 m. 20 cent.

186 — Petite tapisserie d'Aubusson : Verdure avec volatiles, à fond clair.

Haut., 2 mètres; larg., 1 m. 60 cent.

187 — Grande tapisserie d'Aubusson : Verdure avec chien et volatiles, château dans le lointain; encadrement de bordure simulant un cadre. XVIIIe siècle.

Haut., 2 m. 60 cent ; larg., 4 m. 80 cent.

188 — Quatre petits panneaux en tapisserie d'Aubusson : Verdure avec château et volatiles.

Haut., 1 m. 40 cent.; larg., 1 m. 20 cent., 1 m. 20 cent.
1 m. 45 cent., 1 m. 45 cent.

189 — Petit panneau de forme circulaire, en tapisserie : Sujet mythologique. XVIIIe siècle.

Diam., 1 m. 75 centimètres environ.

190 — Tapis d'Aubusson, à fleurs, sur fond marron.

191 — Tapis à fond vert, genre Savonnerie. Epoque Empire.

192 — Tapis d'Aubusson, à rosaces, fleurs et rinceaux, sur fond bleu : Encadrement de fleurs sur fond saumon,

193 — Petit panneau en tapisserie genre Savonnerie : Paysage avec cours d'eau et cascade, cadre en bois peint.

Haut., 1 m. 40 cent.; larg., 1 mètre.

193 — Objets non catalogués.

www.ingramcontent.com/pod-product-compliance
Ingram Content Group UK Ltd.
Pitfield, Milton Keynes, MK11 3LW, UK
UKHW020218180726
13838UKWH00005B/2061